KB070978

파도의 일과

정수자

시인의 말

그저 걸었는데

길 밖의 길이라니

밖의 밖이나 더 받으리

파도의 일과처럼

2021년 9월

정수자

파도의 일과

차례

3부 기나긴 바람의 성찬 앞에

4부 앞섶이 삭아 내려도 달그늘을 상감하리

5부 꽃보다 뜨거운 초본 한 채

해설

1부

안 보내도 봄은 지고

못 보내도 님은 가듯

서귀西歸

서귀, 서귀,
귀가 닳던

먼 서녘
사모 같아

뛰어들라
무릎 개켜

깊이 앉는
상강이다

섬 억새
비질 소리에

귀 맑히는
흰 어귀

詩편

남편이든 여편이든 편 없이 저물다 보니

난 그저 힘없는 詩편이나 들고 싶데

실없이 맥이 빠질 때 기대어 좀 울어 보게

한편 같던 시마을도 편이 넘치는 이즘은

바람 뒤나 따르다 혼자 우는 풍경처럼

폐사지 적시러 다니는 그늘편에 들었네만

편이 딱히 없는 것도 고금孤衾의 인동이라

벌건 밤 바쳐 봐야 내쳐지기 일쑤지만

아직은 더 사무치려네 애면글면 詩편에나

무지개 휘파람

얕은 낮잠 발을 치듯
여우비가 지나간 뒤

서름한 꿈속인 양
무지개가 우련 떠서

연한 날 귀밑 적시던
휘파람도 데려올 듯

안으면 더 적막할라
늙은 애인 늑골마냥

훌쩍 두고 왔건만
안 늙는 풋내 깊이

어이타 무지개는 떠서
마음 끝동 하냥 떠서

무반주첼로 의자

우주정거장 멀리서 반짝이는 위성처럼

홀로 떨고 있는 무대 위 작은 의자

둔부를 껴안는 즉시 타오를 듯 팽팽하다

공기를 정비하듯 잔기침들 다듬는 사이

독주의 예열이듯 소름 돋는 다리 사이

마지막 현을 조이는 긴 고독의 전희처럼

드디어 탈주하는 무반주 활의 광휘

전율을 견디느라 다리가 다 녹아나도

의자는 커튼콜이 없다 열없이 사라질 뿐

한소식

바닥을 핥고 굴러 간신히 잠은 구석지란

떨림을 흡반 삼은 먼지들의 싸한 보루

숨조차 숨어서 쉬어야 안 헐리는 쪽방처럼

볕들 날이 멀수록 안 빨리는 먼지 뭉치

오늘의 수행인 양 밤을 펄썩 일어 본다

얼마나 오오래 떨어야 별 이름을 얻을까만

홑 혼

홑잎이니 혼잎이니
화살나무 새잎 앞에

조몰조몰 무쳐 먹던
묵은 입술을 고치다

빗맞은
화살 같은 것을

다시 맞는
연한 봄날

어린순은 어쩌면 다
나무들의 혼이겠지만

홑을 아는 잎이라면
혼도 아는 잎이려니

홑과 혼
반 끗 사이가

섬도 같고
별도 같고

거리에서 명상하기

흡연1 피했는데 흡연2가 다가들며
멋대로 연기하듯 연기를 발사할 때

최대한
숨 말 꾹 참기
가로수가
욕을 참듯

태극1 지나치니 태극2가 닥쳐들며
신념인지 신앙인지 딱 딱 가르칠 때

표정을
과포장하기
궂은 날
동상처럼

도 모릅네 뿌리치자 인복을 꺼내 든 한 쌍
걷는 것도 과분임을 부여잡고 깨우치니

꽃이나
펑 펑 터져라
오늘은 다
뻥이라고

잔을 든 채

방바닥 흰 터럭을
굳이 집다 엎지르고

괜스레 무안해져
붉힌 손등 쓸다 말고

천지간
집 없이 늙을
서문들을
헤다 말다

마음 더 엎질렀음
창을 환히 차렸을까

지는 꽃의 수작으로
입술을 짐짓 대보다

후문도

다 해진 저녁
봄 추신을
달다 말다

을을

내일을 쫓아 버려?
어인 언감생심인지

다시 읽은 자막은 '내일 쫓아 버려!' 난데없이 끌려
나온 을에 점점 뒤숭숭해 〈퐁네프의 연인들〉 불꽃놀
이도 본동만동 새삼스레 잡힌 을에 을을 뒤져 보다 언
젠가 '乙의 시학' 어쩌고 숙여 쓰던 시인의 말도 따라
나와 을을 수작 늘어지매
　乙의 꼴로 뒤척이는 일요일은 밤이 길어~ 백수면서
월요병을 말똥말똥 쌓는 중에 다시 보면 내일도 못 쫓
아낼 내 일 같아 내일과 내 일 사이 허방다리 걸친 채
하릴없이 을에 잡혀 천리나 놓친 잠을 금방 놓친 시상
보다 공손히 불러 보는데

　닭 쫓던 늙개도 아닌데
　달이 클클 웃고 가데

24

파도의 일과

청이 딱히 없어도 맨발로 내닫는 건

바람과 손잡은 파도의 오랜 비밀

푸르른 등을 미는데 흰 속곳 춤이라니!

더러는 하품이고 거품뿐인 일과라도

바위야 부서져라 껴안고 굴러 보듯

필생의 운필을 찾아 눈썹이 세었다고

파도의 투신으로 해안선이 완성되듯

모래를 짓씹으며 달리리니 라라라

지면서 매양 칠하는 노을의 화법처럼

마음이 마르니

내방을 미루려오
꽃 소식이 소란하니

낙화 칭병으로 세상을 물리듯

아직은 꽃그늘에 들어
그늘을 더 취하려오

수작 없이 지낸들
병이 쉬 떠나리오만

큰물 후에야 하수도를 수리하듯

일없이 신열이 오르는
까닭쯤은 덮어 두고

안 보내도 봄은 지고
못 보내도 님은 가듯

이화우 흰 소매들 당기다 놓는 저녁

마음이 그저 마르다니
더늠이나 더듬어 보오

위미 동백

아름다움을 위해서는 목도 뚝뚝 바쳐 온

붉은 단문처럼 뛰어내린 위미爲美 홑꽃들

누워서
다시 피어서

봄의 애를
끊나니

머흔 시절 먹피 같은 슬픔아 게 섰거라

꽃이 아니면 바람을 어찌 견뎠으랴

봄마다
새 눈물 지어

지피나니

혼의 혼을

남향의 가을

햇살의 맑은 맨발 고물고물 들어서는
남향의 가을이다 책상마저 상냥하니

순해진 바람발 사이
통증이 엷어지듯

총총 놀던 참새들이 꽁지를 치켜들고
냅다 똥을 싸도 난간은 명랑하고

참참이 낯빛 고치는
소풍 같은 가을날

청탁서 밀쳐놓고 부은 발을 쓸어 보다
먼 길 나서도 좋을 남향의 가을이다

행간을 밀고 나가는
행려들 날개 따라

2부

멀어서 눈물겨웠나니

미리 쓴 미래처럼

작란

가까이를 묻습니다
팔을 더 멀리 두며

금지가 많을수록
긍지가 줄어들듯

잡힐 듯 커져만 가는
착시의 작란처럼

가까이를 찾습니다
앞서려 흘리고 왔을

지하의 붉은 비명
빙하의 푸른 자진

멀어서 눈물겨웠나니
미리 쓴 미래처럼

서……로

외출을 줄여 가다 관계를 덜어냈다

말수가 줄더니 푼수도 졸았는지

어쩌다 안면을 까면 안부들이 덜컹댔다

밤의 루주였던 네온이 훅 훅 꺼지고

마스크만 출몰하는 무덤 같은 골목을

악몽 속 허청걸음으로 입을 막고 살아냈다

넘쳐나는 호곡에도 귀 막은 국경처럼

제 숨은 안 털리려 거리를 조율하다

못내는 서로를 가졌다 봄은 와요 속삭이듯

헛도는 독백들

심장이 마구 뛰는 이상한 날이에요
하나만 더, 하나만 더, 층층 안은 박스가
황급히 물병을 찾듯 간당간당 숨을 켜요
닥치고 다시 헉, 헉, 내남없이 뛰지만
주문은 늘 밀리고 독촉은 늘 쌓이고
채찍의 질긴 버릇은 조인 목을 또 졸라요
대출도 재산이라 당겨 보니 목줄이라
빚으로 버텨 가는 특송 특권 몇몇 해
목숨이 이미 빚이라 계단 먼저 타일러요
이상한 밤이에요 조금만 더 뛰자는데
타이른 심장이 허락 없이 멈추다니
헛도는 곯은 발들은 어디로 보내지나요

그것참

바람 좀 즐기려다 딱 걸린 중년 여자
반려견 산책이라 내세운 손끝에는

떡하니 개처럼 묶인
남편이 있더라나

산책 좀 부탁해 서로 짠한 반려잖아
밤공기 맛보기가 갈수록 간절해서

더없이 길든 개인 척
묶였든지 묶었든지

구설 많은 통금에도 반려견은 예외인데
동반의 수행 중인 반려자는 금지라니

그것참 목에 걸리는
犬인지 者인지 참

　＊캐나다의 한 여성이 밤에 남편을 개줄에 묶어 산책하다 코로
나19 통행금지령에 걸리자 "반려견과 산책하고 있다"고 했다는 기
사(연합뉴스, 2021.1.13.)를 빌렸음.

지지지지

뭣에 홀려 오밤중에 기어 나와 헤매는지

밟힐라 저 지렁이 방향이나 잡아 줄까

늘어진 수크령 잘라 길섶으로 일껏 몰다

보니 마침 이팝꽃철 고봉 이밥 그늘이라

꽃잎도 네댓씩은 꼭 안은 채 뒹구는데

지지지 늙수그레 홀로 제 구렁을 찾아갈지

제 방향도 지지부진 등짝 종종 맞으면서

자웅동체 환형에게 뭔 길을 튼답시고

제풀에 풀썩 앉은 채 꽃비 맞는 오월 동중

입술을 잠가도

무릎이 꺾여 가는 막다른 저녁이다
눈만 빼꼼 비루해진 비릿한 거리에서

난만히 비말을 섞는
노을에 취해 섰다

입꼬리 단속하듯 마스크를 실행하며
비말의 격리라는 미필적 거리라니

다정히 팔꿈치나 치다
돌아서서 쓸쓸 웃다

손을 벅벅 씻고서야 눈초리를 풀어놓고
밀접 없는 봄날 속 안녕을 전송하며

괜찮아 입술을 잠가도
꽃은 저리 피고 가니

지구는 리셋 중

외계로 외출하듯 코와 입을 가리고도
빈틈없이 눌러 담은 얼굴을 점검 받는
지상의 모노드라마들이
수시 재생 중이다

멍때리다 멍멍 깨는 섬망의 와중에도
말수를 줄여 가며 거리를 늘이지만
마지막 막을 내리듯 만년빙 녹는 소리

안으로만 굽던 팔로 너무 마구 버려 왔나
순간순간 안전 안내 얼음땡 문자 속에
지구는 리셋 중이다
우리 또한 리콜 중

오늘도

코를 큼큼 내밀어 오늘의 기氣를 감별한다

불안 과밀 거리를 비둘기가 뒤뚱 가고

수시로 지수를 살펴도 발열은 늘 오리무중

지상을 배회하는 눈먼 귀먼 징후 사이

서로 잘~ 고하고 그럼 또~ 돌아서며

새 잎들 낭창 피우는 느티 앞에 숙어 들다

소심증 혼자 숨이 염치없이 편해지다니

그새 뜬 발생에 핸드폰을 넣다 말고

어제의 망자 숫자를 가만 뇌어 보내다

아 아

추석 연휴 끝나는 날 설핏해진 공원에서
부스스 혼자 솟고 혼자 웃는 분수처럼

어 어 어 트랙을 도는
자폐 부자가 있다

반려견들 제 끈 물고 집으로 든 후에도
헝겊 끈 서로 묶고 엇박 헛박 도는 발에

휘영청 추임새 넣듯
달이 휘휘 따른다

재건축 끝물에 든 달방도 곧 끝장인데
꼬질한 끈 하나가 세상의 꽃이라니

오늘아 아 아 빛나라
내일은 더 야윌지니

입 없는 입증

가난의 입증에도 필수서류 너무 많아
구차한 손발 접고 이불을 끌어 덮고
고요히 입을 잠그다 긴 잠에 들었던지

그 죽음을 적어 든 노숙 아들 팻말*에
뒤늦게 냄새 물고 달라붙던 파리 떼도
화들짝 반사 후에는 흐지부지 다반사라

아들은 또 어찌 됐나 어설피 뒤적이다
동지섣달 소처럼 눈발이나 우물대다
제 발등 불을 더듬는 서푼어치 간서치야

프리랜서 재난에도 입증은 필수라서
서류치痴 수행으로 아 그냥 견디리니
한 번씩 울어나 볼까 아침은 오나 마나

* '우리 엄마는 5월 3일에 돌아가셨어요. 도와주세요.' 모친 사
망 후 노숙해 온 발달장애 아들의 박스 종이 팻말. 지나던 복지사가
발견하며 뒤늦게 알려진 방배동 다세대주택의 변사다.(2020.12.6.
JTBC)

입간판의 자세처럼

맞는 것은 곧 막는 것 어쩌면 먹는 것
밤새 비를 마신 입간판들 자세처럼

삶이란
더 먹고살자고
치욕마저
삼키는 것

지나치는 발길쯤은 일쑤 받고 얼쑤 차듯
치는 비야 뭐라든 졸다 깨다 받아내다

날 새면
어서 오세요
젖은 몸을
되세우듯

詩처럼

흐느끼다 깨어 보니
베개맡이 멀끔하다

누가 운 것인가
꿈의 꿈 내편인가

내장을
다 쏟았는데

얼척없다
시처럼

쓰린 꿈 잇다 말고
폰이나 또 집어 들고

잘 지내 일없이
못 지내 열없이

시처럼
척하는 동안

지척들에
금이 간다

나날이 벼랑

근황을 읽던 꿈이 대신 길게 울었던지

축축한 귀밑을 세탁~이 거둬 가도

먼 길을 겉돌다 온 듯 현관이 서름하다

사다리도 하나 없이 이번 생은 차였다고

웅크리다 밀려나니 나날이 벼랑이라고

제풀에 울컥거리다 불시에 마감을 맞듯

용역 하나 마감 치는 때마침 소설인데

눈발들 발을 치는 병목에 끼인 채

목목이 퇴고가 긴 듯 세밑이 마냥 붉다

3부
기나긴 바람의 성찬 앞에

먼 어깨에 기대어

서러우면 어루만질 먼 어깨를 품었으니

입술도 떼기 전에 명치가 저릿해지는

명사산 문전에 들어 저녁을 더 섬겨 보리

하여 빛을 내리니 월아천月牙川 언저리쯤

길을 늘 새로 쓰는 바람의 붓질 따라

울음의 깊이를 재느라 등이 삭는 능선처럼

제 발등에 유숙해 온 왕버들은 아니라도

한 생이 초생인 달어금니 들며 나며

서운한 울음산 그늘 저어하며 저물리니

홍유*

바람이 칠 때마다
가솔을 붙안고 떨다

날로 불룩 솟아난 홍유네 뿌리께

밤 도와 가문 높여 온
한숨의 문장 같아

바람을 잡는 것은
슬하의 깊이라는 듯

무릎 꼭 끌어안고 집이 된 뿌리들

눈물로 찬별들 길러 온
조선의 내간內簡처럼

* 紅柳. 뿌리가 솟는 사막 교목으로 붉은 꽃을 피움.

고비의 말

사막에선 울지 마라
눈물이 곧 물이라니

습기 속속 징발하듯
살 바르는 볕살 속에

다 묻을 바람이 온다
뼈의 뼈를 챙겨라

눈코 지운 막돌처럼
온몸으로 저어 갈 것

때때로 신기루
때때로 무지개

길이란 본적이 없나니
본래들의 각주려니

바람의 성찬

톱날 혀를 장착한 북풍이 오고 있다
설산 고봉이 숨을 내쉴 때마다

눈 시린 포옹 속에서
살이 삭는 사막사막

그 혀 닿을 때마다 몸을 다 내줬는지
창문만 빼꼼 남은 무덤 같은 모래 역참驛站

현장*도 뼈를 바칠 듯
숙여숙여 지났으리

빗방울만 스쳐도 풀들은 별로 돋는데
마음의 행방은 둘 데 없는 고비라

기나긴 바람 성찬 앞에
생을 힘껏 조아린다

* 불교경전 원전 연구를 위해 서역을 거쳐 인도로 간 삼장법사
(본명 陣褘).

사막을 건너는 법

피를 흘리면서도 소소초를 씹어야 하는

어린 낙타의 막 시작된 운명처럼

비명을 꾹 꾹 삼키며 사라진 길을 찾는 길

가도 가도 흰 산은 전설처럼 떠 있고

고비의 고비마냥 길은 자꾸 뭉개지고

쓰라린 눈썹 끝으로 소금꽃만 만발하고

그런 길을 일생 걷는 타박타박 낙타처럼

뜨거운 발 내어야 뜨거운 길을 연다고

설산의 흰 구음ㅁ흡처럼 먼 구름이 어르네

아잔의 추억

아아, 아잔이다
타잔모양 따라 하다

지축을 뒤흔드는
기도에 휘감길 때

거대한 땅울음 같은
운율들이 휘황했다

외계의 웅얼거림도
사나흘 듣다 보니

모스크 비다듬는
달과 별을 따르듯

내 안의 묵은 음들이
자금자금 휘어졌다

이스탄불 턱수염을
사랑한 건 아니었다

하루에 다섯 번씩
혼을 씻는 평화라니

그렇게 다만 엎드리며
살아도 일없겠다

바람 공양

아침부터 탄내 나는 태양 아래 서면
바람의 기미만도 뼈저린 공양이라

모공들 마구 벌름댄다
희미한 방향을 찾아

타는 입술 위로 스치다 마는 바람결
그새 터진 물집을 약속처럼 싸매고

필생의 한 줄을 구하듯
길 위에 다시 서니

기억하라 발이 없는 한 모금의 소식을
맨머리로 땅을 뚫는 간헐천의 옹알이를

설산이 거기 있으매
돌을 들고 싹이 트듯

국경의 밤

시베리아 횡단열차 러시아 — 몽골 접경
출국과 입국 사이 촘촘한 수색 너머
군복은 웃음을 몰라 발소리도 철책이다

부릅뜬 루스키 앞에 속이 좀 울렁대는
간도 작은 나는야 작은 나라 작은 시인
피 묻은 큰 칼은커녕 밀약도 마약도 없는

아하, 넘었을까, 식민의 밤을 건너간
간도 만주 유민들 속 타는 월경 더듬다
국경은 또 국경이라고 탐지견에 철렁하다

압록 두만 길게 붉힌 장도를 다시 짚다
몽골 들어서니 칼을 가는 바람 말굽
바이칼 허리춤께로 별빛도 더 파르랗다

라오라오

라오라오 라오스로 오라오라 설렁 오라

잊었던 노래 찾듯 제멋대로 라임 붙여

때 없이 격하게 마실 때 눈치는 좀 보였네만

비어라오* 높이 즐긴 거품일랑 모자란 짓

비워라 오 오 오, 빈국에서 과식이라니

한 사흘 물 내리는 통에 덜고 덜다 굽어져

라오에 깊이 끼친 식민 그늘 다시 보다

'원 달러' 없는 길도 공산共産의 뚝심인지

엎드려 쓴물까지 털 때 등을 치는 누런 메콩

* 라오스의 대표 맥주

유목 노을

설산 뵈면 절하고 공손히 다시 간다는
유목인 아니라도 절로 숙여지나니

네 혀를 내어놓으렴
그래야 고비려니

살이 타는 58℃ 불볕과 살바를 잡듯
등뼈를 세우다 욕慾을 끙끙 버리다

나날이 은퇴만 같은
노을을 따라 붉다

정년이란 고비 앞에 미리 퀭한 은발들아
쥐꼬리 뭔 연금도 고료보단 나을지니!

젖은 등 툭툭 치면서
물병을 서로 건넨다

만년설 속눈처럼

히말라야 품은 돌을 몰래 집는 하산 길에
뒤따르던 포터가 팔을 툭 치더니만
싱그레, 안나푸르나를 만면으로 쥐어 준다

언뜻 홀린 잔돌일랑 홑산일세 내려놓고
그가 건넨 겹겹산 만 고랑을 품으며
만년설 순한 식솔의 속눈을 다시 보다

만 벼랑 만 능선에 평생 눈을 맞추면
숙여야만 오르는 돌계단쯤 콧노래고
오래된 마중들처럼 꽃도 솔솔 세우는지

새로 터진 물집들을 그래그래 타이르며
낮은 무릎으로 입 맞추듯 내려오니
신들의 난간을 닦는 구름 속도 만 겹이다

안남미 별밥

누설을 기다린다, 미동도 없는 구름경經

흠씬 젖은 등짝의 수건이 마를 즈음

신들의 커튼을 젖히듯 흰 발들이 올라가매

한 뜸에 만년을 여는 히말라야 이맛전에

그냥 손 모으다 꿇은 무릎 더 꿇다

구름들 묵언 화음을 화답인 양 받아 들다

한 계단에 한 호흡씩 절며 끌며 내려와

밥알을 힘껏 씹자 별이 홀홀 솟는다

만년설 푸른 슬하에선 하루하루가 별이라고

에게해와 춤을

허밍은 파르랗고
치열은 하이얗고

신을 아는 눈빛으로
사늘하니 팔을 끼는

에게해
미풍에 꼬여서
옆구리에
두른 봄날

춤 없이 삭아 온 나날
내던져라 채근하듯

당신의 포옹보다
먼 물살이 감미로워

그냥 팍

푸른 겨드랑이로
쓰러질라
스러질라

쇄골까지 파고드는
아슴아슴 잇바디에

물리며 달리노니
요요한 볕살 살을

어쩌나
숨넘어갈 듯
못 멈추는
푸른 춤을

4부
앞섶이 삭아 내려도
달그늘을 상감하리

모래 유서

지상의 도리마냥 놀이터가 꽉 품은 건

추석날 뛰어내린 노인의 꺼풀이다

모래가 받아 안을 때 겨우 터진 비명이다

의역으로 전해지는 비린 구술口述 두어 편

1004동 발길들이 에돌아 다닐 동안

간간이 마른 잎들만 염을 하듯 머물렀다

호곡 없이 떠날 생이 밭은 숨을 고르던

그즈음의 체온을 벤치는 살폈을까

뭉개진 기억을 묻듯 벚나무가 질끈 붉다

노가다 수청

삶이 곧 노가다, 혀를 물고 썼지 싶은
누군가의 댓글 하나 노염 속에 곱씹다

물 대듯 덧대 보노니
삶은 또한 용역이네

그렁저렁 돌아치며 수청 좀 들다 보니
관급의 용역이란 갑/을의 노가다라

펜 끝에 달랑거리는
하청의 하청모양

잗다란 잔술 같은 어쩌다 일이라도
허연 손 수청이야 하방의 정당방위

서리가 제 몸을 녹여
길섶을 반짝 빛내듯

풀 뜯는 소리

대전발 한 시 오십 분 봄날도 나른한 오후나절

증산, 증산 외쳐대던 새마을 구호처럼 새마을호 한
뙈기를 다 갈아엎는 코골이에, 가끔씩은 일소처럼 투
레질도 하는 통에 귀를 막다 씩씩대다 명상이나 청하
는데, 옆자리서 내내 뒤틀던 단발머리 팍 내리자 뚱뚱
가방 둘러메고 코골이도 훅 내리자, 꾹 눌렸던 그 자리
서 뭔가 풀풀 풍기는데 중년 사내 쉰내 같은 군내 슬슬
번지는데

거 무슨 풀 뜯는 소리냐고
의자가 훅, 어깨를 펴데

그리하여
—「담쟁이—나는 온몸이 길이다」(류연복)에 얹어

온몸이 눈이다 또
실핏줄도 파르라니

피 고인 손톱이고
피딱지천지 무릎이다

막 눈 뜬
어린 함성들까지
끌고 안고
이고 지고

벽을 넘자 넘자고
비바람쯤 추임새 삼아

기어서 서기까지
시멘트가 울기까지

얄랑성

서로 업는 어깨들

허공 물고

허공 열듯

으스름의 음계

그가 짚는 것마다 슬픔이 묻어난다고

바람의 귀띔에 귓불이 파래진 날

내력은 차마 못 물었는데 능선이 슴벅 겹쳐

묵묵한 목덜미엔 묵은 그늘이 서너 말

호을로 걸어온 독립유공 후손으로

저물면 울음 거둬 먹이듯 기타 제祭를 올린다네

통로에서* 통로 찾기

통로가 곧 미로 같은 초대형 꿈의 마트
일용할 욕망으로 치솟는 칸칸마다
오늘의 전시를 향해 전열을 가다듬는다

동東에서 서西로 동서분주 통독을 여며 가는
냉동과 적정온도 도나우의 왈츠에도
오로지 속바람일랑은 통로들의 계약 연장

기한 지난 소시지를 몰래 모여 뜯던 밤은
때마침 크리스마스, 욱여넣고 헤졌지만
바깥도 또 다른 통로라 눈보라만 눈부셨다

트럭 몰다 지게차도 겨우 모는 동독 통로
물품 묶는 노끈으로 제 목을 묶고서야
비로소 빠져나갔다, 가없는 생의 통로를

*동독 출신 토머스 스터버 감독의 영화 〈인 디 아일(In The Aisles)〉

복도의 배후 혹은 알리바이

다급한 발소리 따라 길어지는 복도 따라

쿵쿵 떠는 심장과 콩콩 조는 간을 들고

휘둘러 잡을 것도 없는 밤이 자꾸 늘어날 때

이웃의 악다구니가 복도 가득 생중계돼도

웅성웅성 위나 아래나 간만 멀뚱 보다가

그나마 열었던 문 닫고 서로 묵묵 묵이 되듯

복도에 귀를 댄 채 소리 죽여 늙어 가는

독거의 임대란 드잡이도 없다는 것

배후도 알리바이도 없이 봄이 매양 홀로 가듯

감자떡을 살까 말까

월정사 가는 길에 감자떡을 달게 사 먹고는

언제 닫느냐니까 감자처럼 툭 던진다, 어둑해질 때
유, 그럼 8시요? 그냥 묵묵 웃기에 내려올 때 사겠다고,
묻지도 않았는데 군이 언질 놓고는, 유효기간 보관방
식 시시콜콜 더 묻고는, 하산 길에 다시 분분 감자떡을
살까 말까, 마트에도 많다느니 신선함이 다르다느니,
몇 푼이나 한다고 몇 분이나 걸린다고, 갑론을박 지나
쳐 와 노점께로 돌아보니

별안간 훅 어두워지는 거라
웬 뻐꾸기도 웃는 거라

그리움도 겨운 날
—정진규 시인의 단골 인사동 찻집에서

식어 가는 손 잡고 늦은 문안을 하듯
눈에 밟힌다는, 마음의 문양 더듬다

그리움 그도 겨운 날
그 찻집을 찾았네

수묵 깊은 처마 아래 이슥하니 낮술 치듯
살 오른 햇살 사이 실바람도 으밀아밀

그날의 詩노름인 양
율려律呂 그늘 찰랑이매

구부슴히 밟혀 오는 묵향의 잔등 너머
덩달아 부풀었네, 덩굴장미 시울들도

아껴 둔 비점批點을 찍듯
못 여민 코를 풀 듯

가을 외상
—白水 선생 떠나신 날

이승의 배웅 길에 독상을 받아 놓고
겸상자 기다리며 먼 귀향을 짚어 보네
때마침 쩽한 가을날 큰상 차릴 상달 어름

돌아보면 가을은 다 백수 선생께 와서야
수척한 물빛이며 갈채를 얻었다고
직지直指도 만고의 판을 굽이굽이 얹었다고

금붓으로 구워 보낸 가을만도 구구만리
우리네 서리 북천北天 서러움을 묻거들랑
흰물이 다 싣고 가시어 텅 비었소 고하리

세상은 비었으나 시절은 하 다시 와서
크나큰 겸상 같은 가을이란 독상 앞
저문 율律 다시 부르며 어화 북을 치겠네

휘는 무렵

과업 하나 끝냈는데 손톱이 훅 자랐다

눈물샘이 말라도 눈물은 늘어 가고

턱없는 노여움마냥 살비듬이 쌓여 가듯

그새 쌓인 잡지가 빚처럼 죄는 휴일

손톱부터 자르고 작심을 다잡지만

멀어진 시상詩想만치나 초점이 뭉개질 뿐

반란하는 문맥 대신 메모나 추리는데

바람이 또 속살댄다, 사는 게 배신 같아

비릿이 남루 더듬던 식은 별도 휘는 무렵

애월정인

그믐이니 어이하나 월하정인 애간장들
멀리서도 애가 타서 애월 목을 휘감지만

달벼랑 사모한 죄로
상하지는 않으리니

포말의 애원으로 뺨이 닳던 이월처럼
날 세운 파도들이 퍼렇게 들이쳐도

당신을 부르지 않는
단애의 입술처럼

애월이 거기 있어 사무침을 벼리나니
앙다문 단도마냥 파랑을 갈무리니

앞섶이 다 삭아 내려도
달그늘을 상감하리

뒤끝의 행방

간밤에 마구 달린 말들의 행방이 걸려
파묻었던 얼굴을 고쳐 눕는 새벽이다

자국이 오래 남는 때
뒤끝일랑 더더욱

딱히 겨눈 것이 너도 나도 아니라도
얼핏 질렸거나 설핏 맞았거나
파편이 낭자할수록 속은 슬슬 쓰렸다

그 뒤끝을 찬찬 짚다 후끈 또 벌게지다
잘 우린 작설 같은 형용사 꽃을 달아

톡, 톡, 톡, 바람을 보낸다
말빛 갚듯 꼴값 갚듯

5부
꽃보다 뜨거운 초본 한 채

그늘의 딸

서봉瑞峰
내 본적지는

소슬한
그늘의 권속

호을로
피리 불던

불치의
천식 같은

광교산
응달 따라지

서리 묻은
달빛 같은

중뿔

나는 자주 졌다 집도 절도 없으면서

먼 길만 바라보다 겉늙은 장승처럼

세상에 지려고 왔나 편도 없이 멀거니

시르죽은 그늘로 제 우물을 파다 보면

우묵한 귓등께 중뿔이라도 솟는지

가없이 달뜨곤 하는 시업에 걸렸으니

잡을 듯 고추잠자리 한 곳에 똑 놓치고

빈손만 타박하던 쑥대머리 언덕처럼

제멋의 걸신에 씌어 쓸개까지 발린다만

시치미 못 떼치고 없는 뿔을 다듬어도

허기라는 양식은 긍휼의 오랜 언약

한세상 지기만 해도 지평을 꿍 당긴다

검은 비

엄마를 태우고도 낱알은 또 씹는 게지

까치설 전전날은 산도 길도 소복했는데

오늘은 죽죽 검은 비에

울음 끝이 달궁달궁

길 없어도 빗물은 감감히 흘러가는데

울어 봐야 얻는 것은 상심뿐인 고아처럼

재건축 새는 홈통 사이

발목이 내 얼얼하다

피사리

여름이면 피를 뽑던 아버지의 질긴 피사리

　등허리 다 녹도록 피 말리는 노역이나 피를 죽여야
만 벼가 사는 밥의 일, 그때 똑 도지는 게 방위군* 때 걸
린 습진 평생 고질 아버지의 징한 진물이라, 핏물 논물
엉겨 붙어 갈라 터진 발등을 검붉은 각질들을 저녁내
뜯으시니, 고대 쪄 온 옥수수도 버석버석 소태라 쓴입
내내 다시다 오금 저린 앞산이나 하릴없이 볼작시면

　귀 밝은 개밥바라기별이
　바람을 솔솔 부쳐 왔네

* 한국전쟁 때 만 17세~40세 미만 장정으로 조직한 국민방위군.
약 50만 명 중에서 9만여 명이 동사·아사·병사 등으로 사망했다.

파김치

잘 삭은 파 줄기를 서리서리 얹다 말고

파김치 통 모르던 옛 밥상 돌아보다

멀거니 발목이 시네, 녹아 가는 파밭처럼

흉흉한 빗발 속에 파김치 된 장마 때면

겨우 건진 파치들로 끼니를 건너갔듯

파라면 오이지에나 송송 띄워 내었을 뿐

부엌보다 돌밭에서 관절들이 녹을 동안

손맛도 묻어 버린 엄마의 땀내 쉰내

일생이 파김치였으니 파김치쯤 없던 걸로

아카시아 추억

아가씨, 아카시아 아니지요, 아·까·시!

향긴 다 날아가고 까시만 뾰족 남아 아~ 아카시아
껌~ CF모양 찡긋찡긋 짝다리들이 아가씨~ 껌 붙이던
히야까시 언저리쯤, 엄머엄머 귓불 젖던 아카시아숲
다 쳐내고 날로 충충 들어서는 e편한 공화국에 동네방
네 소문내던 향기 방기 다 마르고

추억만 푸르러~ 푸르러~
아까시나 아가씨나

언니의 뒤란

터질 때가 됐나 보다
울안의 꽃망울들처럼

뒤밟은 옥양목의 속곳을 엿보려다

오마나, 눈을 다 데일 뻔!
독한 선홍 꽃잎들에

뒤란도 퍽 우묵한 데
섶까지 씌워 숨겼건만

꽃 탄 손모가지 죄 잡아 자른다고

푸르르 암소 투레질에도
소름이 마구 솟던 날

넘보이지 않아도
잘려 나간 양귀비 볼에

아찔한 신음처럼 은하수가 쏠리던

그 여름, 꽃보다 뜨거운
초본 한 채 훔쳤네

바람이 바람을 고이듯

화성을 끼고 걷다 귀를 가만 모아 서면

흰옷들 울력 같은 먼 이명이 뜨겁다

으랏차 바위를 떠내고 귀 맞추던 함성들이

실려 온 돌과 돌이 살피를 꼬옥 맞출 때

소름 찬 살갗들도 새 식구로 들여 잡고

두고 온 저녁연기처럼 새록새록 저몄거니

축성 따라 안과 밖을 들고 난 사람들도

떠온 돌들처럼 새 터 안고 비볐으리

바람이 바람을 고여 생의 무늬를 기르듯

주춤의 춤법

주춤은 나의 춤법, 미적지근 주법처럼

발등을 밟았거나 구석만 닦았거나

후줄근 뒤통수 흘리며 등이 젖던 귀가처럼

주춤주춤 보낸 게 당신만은 아니었다

손을 놓는 순간부터 먼 별이나 끌어안고

뒤란의 만성 중독자로 그을음을 파먹었다

그런 생의 쥐구멍에 돈을볕을 넣어 주듯

자서自序 끝자락 고명을 얹다 말고

주춤의 멀건 춤법을 꽃술이라 품어 본다

괜스레

복도에 들어서면 뒤꿈치를 다스리며

후다닥 아닌 척
살짝 조금 빠르게

현관문 꽉 잡고서야 짓눌린 숨 내어 쉬다

둘러보고 다다닥 비밀번호를 누르고

잽싸게 몸 들이고
걸쇠를 걸어야 휴

모욕을 벗어 던지듯 헐떡이는 신을 벗다

뭔가 얼핏 스쳐서 살짝궁 열고 보니

소르르 목련들이
흰 적삼 벗는 소리

괜스레 서성거리노니 불그레 뒤를 밟듯

검은 입술

입술을 열려는데
불이 먼저 당도한 것

감청이나 당한 듯
혀가 쭈뼛 굳더니

아, 하고
내뱉는 순간

얼결에 든
문맥처럼

길머리를 놓치고
지하도를 들락대듯

일없이 쉰 목만
하릴없이 쓰다듬다

저 혼자
뒤풀이 중이다

파, 하고
낙수처럼

검정 래퍼

실패 없는 선택지 블랙일랑 개취 고취
행사가 없어도 발표에 못 끼어도
검정을 차려 입으면 포상의 표정 같지
$\propto$

제 색을 표하려다 다시 보는 연좌 그물
때로는 무색인 척 색깔의 고아인 척
본향을 슬쩍 지우고 혀도 반듯 펴 왔듯
$\propto$

포장이든 위장이든 고삐들 다 풀었대도
빨강은 센 빨이라 오래 물린 꼬리표라
철없는 아나키스트처럼 검정을 애장했지
$\propto$

색을 죄다 삼켜도 검어질 손 검정일랑
강점기 표지거나 감정의 오지거나
무작정 극지를 달리는 래퍼의 본적 같지
$\propto$

번쩍이는 장신구는 감정들의 미장센
세상 내장 다 씹으며 검정을 통과하면

본색의 커밍아웃처럼 무지개도 피우려나
                    ∝

피어라 솟다 보면 없는 꽃도 피더라고
정감을 감정하듯 흑역사를 떨쳐입고
닐리리 비장을 꺼내 랩 잽 랩 잽 날리리

* 일제강점기 아나키스트는 검정을 자신들의 고유색으로 삼았다.

다행

다행이란
얼마나 또 다정한 행운인가

그나마란
손을 잡고 곁에 서는 날이면

그냥 확
끌어안고 싶은

생이라는
글썽글썽

돌성곽의 순례처럼

박동억(문학평론가)

1. 숨을 고르듯 혼을 고르듯

마음껏 소리치는 대신 가슴속에 들끓는 말들을 억누르며 자신을 가지런히 정돈하는 한 사람을 떠올려 본다. 쥘 수 있는 대로 움켜쥐는 대신 한 문장 한 단어조차 조심스럽게 기록하는 손끝을 떠올려 본다. 그렇게 언어를 귀하게 대하는 사람, 그 몸짓에 닿기 위해 그는 자신의 마음에 응답하기보다 뒤돌아서는 시간을 더 오래 마주해야 했을 것이다. 고백하기보다 침묵해야 했을 것이다. 우리가 정수자 시인의 시를 현대시조나 정형시라고 부를 때 발견하게 되는 언어의 형상은 그런 것이다. 가슴을 손끝으로 누르고 떨리는 혀끝이 잠잠해지기를 기다린 뒤, 담담한 목소리로만 비로소 발음될 수 있는 문장들을 우리는 마주한다.

이를테면 1부에 놓인 「詩편」은 어떤 방식으로 말을 건네는가. 이 작품은 서글픈 노랫소리처럼 따라 불러도 좋고, 시 쓰기에 대한 시인의 독백으로 이해해도 좋을 것이다. "남편이든 여편이든 편 없이 저물다 보

니/난 그저 힘없는 詩편이나 들고 싶데"라고 진술할
때, 네 음보의 일정한 음량률을 준수하는 한편 '남편'
'여편' '詩편' 등 동일한 운을 반복하는 단어들로 운율
감을 형성하는 형식은 노래에 가깝다. 하지만 그 주제
가 시에 대한 메타적 진술이기 때문에 이 작품은 어
울려 부르기 위한 노래라기보다 시인의 자기 진술 또
는 독백으로 읽히기 마련이다. 흥미로운 것은 시는 힘
없는 것이라는 인식, 그리고 그 힘없는 시의 편을 들겠
다는 시인의 목소리에 깃든 담담함이다. 그의 어투는
선언하는 자의 단호함과도, 절망한 자의 체념과도 닮
지 않았다. 도리어 들뜬 신념과 서늘한 절망을 달래며
"난 그저 힘없는 詩편이나 들고 싶데"라고 시치미 떼
듯 말해 보다가 시의 마지막에서야 조심스럽게 "아직
은 더 사무치려네/애면글면 詩편에나"라고 한 걸음 나
아가 말하고 있다.

　시를 향해 사무치겠다는 다짐을 말하기에 앞서 숨
을 고르듯 반복되는 정갈한 운율이 있다. 이 운율을
우리는 어떻게 감상해야 할까. 실은 이 정갈한 네 음보
의 운율을 따라야 한다는 원칙이 시의 주제의식보다
앞서는 것처럼 보이기도 한다. 그리고 이 운율이 곧 마
음의 리듬에 덧씌워진다. 운율을 반복하는 동안 시인
은 단숨에 말하는 것이 아니라 그 운율에 맞추어 말

을 가다듬어야 한다. 마음을 목적지에 비유하자면, 그는 단숨에 직선로를 질주하는 것이 아니라 매번 똑같은 우회로를 산보하는 사람처럼 언어를 다룬다. 따라서 정형률이란 마음을 직설하지 않으려는 마음, 저 둥근 우회로를 거쳐 마음을 발설하는 원칙이 아닐까. 어떤 평론가는 시의 정형률을 언어의 감옥이라고 비유하기도 했지만, 그것은 텍스트의 형태에만 주목한 견해일 것이다. 오히려 정형률은 자신의 마음속에 둥근 에움길을 놓아두는 것, 마음이 마음을 가지런히 할 수 있는 시간을 부여하는 완독의 형식이 아닐까.

　매일 똑같은 길을 산보하듯 일정한 운율을 반복하는 일은 마음을 달랜다. 「詩편」이 시를 향한 '사무침'에 대해 이야기하고 있음에도 이 시가 근본적으로 평온하게 느껴지는 이유는 그 때문이다. 마찬가지로 「서귀西歸」 「무지개 휘파람」 「무반주첼로 의자」 등에서 진술되는 그리움이나 고독이 독자를 뒤흔들어 놓기보다 점진적으로 승화되고 있다는 인상을 받는 이유 역시 운율 때문이다. 정갈한 운율은 어떤 감정이든 잔잔한 평온함으로 벼려낸다. 더구나 시 「홑 혼」에서 같은 운율은 상이한 존재를 하나로 녹여내는 조화의 방식으로도 확장된다. "홑을 아는 잎이라면/혼도 아는 잎이려니"라는 진술은 '홑'과 '혼'의 음성적 유사성을 환기

하면서, 스스로 홀로 놓인 존재임을 아는 것이 곧 혼을 이해하는 방편임을 암시한다. 또한 "홑과 혼/반 곳 사이가//섬도 같고/별도 같고"라는 진술을 할 때, '홑'과 '혼', '섬'과 '별'을 하나로 묶을 수 있는 이유는 그것들이 똑같이 한 자로 이루어진 단어이며, 홀로 완성된 존재임이 암시되기 때문이다. 음성적 유사성과 같은 음수율이 곧 존재를 닮은 것으로 상상하게 한다. 또한 각자 고독을 짊어진다는 사실을 아는 것, 별빛을 보듯 상대의 고독을 확인할 수 있다는 것은 위안이 될 수 있지 않을까.

마찬가지로 우리는 시인이 매번 마음이 약동하는 순간이 아니라, 도리어 감정이 잦아드는 마지막 순간에 대해 말하고 있다는 사실을 확인한다. "마음이 그저 마르다니/더듬이나 더듬어 보오"(「마음이 마르니」)라는 문장이나 "지면서 매양 칠하는 노을의 화법처럼"(「파도의 일과」)이라는 문장에서 언급되는 '마른 마음'과 '노을의 화법'은 그것을 암시한다. 아침이나 대낮의 환한 마음이 아니라, 황혼의 저무는 마음으로 세상을 본다면 무엇이 눈에 가장 선명할까. 감동의 순간이 아닌 감정이 고요해지는 순간에 대한 묘사는 어떤 서정적 가치를 지닐까. 정수자 시인이 마음의 끝에서 발견하는 것은 끝없는 마음을 짊어지는 우리의 영

혼이다.

　　아름다움을 위해서는 목도 뚝뚝 바쳐 온

　　붉은 단문처럼 뛰어내린 위미爲美 홑꽃들

　　누워서
　　다시 피어서

　　봄의 애를
　　끊나니

　　머흔 시절 먹피 같은 슬픔아 게 섰거라

　　꽃이 아니면 바람을 어찌 견뎠으랴

　　봄마다
　　새 눈물 지어

　　지피나니
　　혼의 혼을

　　　　　　　　　　　　　　　—「위미 동백」 전문

제주도 서귀포시 위미리를 배경으로 하는 위 작품은 동백꽃이 지는 순간을 묘사하고 있다. 무엇보다 시인이 주목하는 것은 동백꽃 자체라기보다 동백꽃의 낙화다. 낙화는 아름다움을 위해 목숨을 바치는 결사의 자세이자 한 문장을 다듬듯 자신을 내던지는 투신의 자세에 비유된다. 우리는 이러한 형상화가 아름다움을 향한 시인의 결연한 지향을 표현하는 방식임을 유추할 수 있다. 이러한 주제를 표현하는 한편 시인은 행갈이를 통해 여백을 증폭하고 있다. "누워서/다시 피어서//봄의 애를/끊나니"라는 시구를 따라 읽는 동안, 우리는 잠시 사이의 여백마다 멈춰서 낙화를 곧 '다시 피는' 자세라고 기록하고 있는 역설을 좀 더 오래 떠올려 보게 된다. 계절이 돌아오듯 험난하고 멍든 상처 같은 '슬픔'의 시간을 견디고 나면 "봄마다/새 눈물 지어" 보는 순간이 올 것이다. 이 작품의 역설은 봄에 틔울 새싹을 "새 눈물"에 비유하면서 발생한다. 이 역설을 이해하는 것은 어렵지 않은데, 시인은 낙화의 순간을 중심에 두고 꽃을 바라보고 있기 때문에 새싹을 다가올 슬픔으로 바꾸어 표현하는 것이다.

　시인은 슬픔의 끝에서 다시 슬픔의 시작을 바라보는 자로서 말한다. 봄처럼 활짝 다가올 슬픔, 그렇게 몇 번이고 반복될 슬픔을 응시하는 자세야말로 시인이 "혼의 혼"이라고 부르는 존재의 중심을 이룬다. 어떤 꽃이 피어도 그것이 질 것을 알기 때문에 우리는 미래의 슬픔을 두려워할 수밖에 없다. 반대로 어떤 상실 이후에도 봄이 찾아올 것을 알기에 우리는 삶을 견딜 수 있다. 그렇다면 "혼의 혼"이란 찬란한 봄과 서늘한 낙화의 순환을 체현하는 존재의 중심인 것처럼 보인다. 그런데 여기서 시인은 줄기나 뿌리처럼 견고한 자세를 말하지 않는다. "꽃이 아니면 바람을 어찌 견뎠으랴"라고 말할 때, 시인은 오히려 꽃과 꽃잎의 방향을 바라보고 있다. 거기 바람이 부는 만큼 날려 가고 자기 존재의 무게만큼 자신을 홀로 감당하는 "홑꽃들"의 자세가 있다. '홑꽃'은 바로 서는 대신 휘청거리는 자세이고, 자기 몫의 눈물을 홀로 감당하는 자세이다.

꽃잎의 자세는 우리가 슬픔에 무뎌지지 못할 것이라는 예감을 그린다. 그러한 예감을 빌려 시인은 슬픔 안에서 슬픔을 관조한다. 해마다 꽃이 지듯 상실을 반복하는 우리의 존재는 결국 "새로운 눈물"을 만나게 될 것이다. 그러나 우리는 이렇게 말할 수도 있다. 흔들리고 추락하는 것만이 거름이 되듯, 우리의 마음도 충분히 흔들릴 때만 생생한 것이 될 수 있지 않을까. 슬픔을 회피하지 않는 자만이 아름다움을 향한 갈증을 지닐 수 있는 것이 아닐까. 그렇게 꽃잎은 묵묵히 흔들리고 다시 필 것이다. 바로 그 슬픈 갈증을 시인은 '혼'이라고, 아니 한 걸음 더 나아가기 위해 "혼의 혼"이라고 이름 붙여 보는 것이다.

2. 더 낮은 마음으로의 순례

"멀어서 눈물겨웠나니/미리 쓴 미래처럼"(「작란」) 슬픔은 올 것이다. 때로 삶은 치욕이 되고, 집으로 돌아오는 길조차 설움으로 가득할 것이다. 그러나 우리는 슬픔에 잠긴 이에게 "못내는 서로를 가졌다 봄은 와요 속삭이듯"(「서……로」)이라고 말하듯, 어떤 슬픔을 겪더라도 봄이 오리라고 다독이는 말을 건넬 수도 있다. 타인의 슬픔을 스케치하는 경우 정수자 시인은 우리의 삶을 견디게 하는 한마디의 말을 탐색하고 있는 것처럼 보인다. 코로나바이러스로 인해 격리된 사람들의 고독을 묘사하면서 "괜찮아 입술을 잠가도/꽃은 저리 피고 가니"(「입술을 잠가도」)라고 위로해 보기도 하고, 공원에서 헝겊 끈으로 서로를 묶고 산책하는 "자폐 부자"(「아 아」)의 정경이나 어머니를 잃은 발달장애 아들의 이야기에 깃든 아픔의 무게를 가늠해 보기도 하면서 말이다(「입 없는 입증」).

참혹에 빠진 이에게 어떤 말이 위안이 될 수 있을

까. 시인은 「詩처럼」에서 시를 쓴다는 것은 '어떤 척'에 가깝다고 말해 보기도 한다. 이때 '척하며' 말한다는 표현의 의미는 위선보다 안간힘에 가까운 것이다. 이 작품은 꿈속에서는 내장을 쏟아내듯 울었으나, 깨어 보니 머리맡이 말끔한 것을 확인하는 상황을 그린다. 시인은 그것이 곧 시의 이치임을 깨닫는다. 마음속의 어떤 고통에도 괜찮다고 말할 수 있는 것, 그렇게 "시처럼/척하는 동안//지척들에/금이 간다"라고 시인은 쓴다. 이 문장은 슬픔과 치욕에 흔들린 뒤에도 인내할 수 있다고 말하는 것, 그 인내할 수 있다는 '척'에 기대어 삶을 지속하는 노력이야말로 시다운 것임을 드러내면서도, '시처럼' 산다는 것이 어떤 고통의 균열을 견뎌야 하는지를 표현한다. 바로 이 안간힘과 균열이 「詩편」의 "아직은 더 사무치려네"라는 문장과도 연결되는 함의이다.

시인은 자신에게, 또는 타인에게도 '시처럼' 사는 것이 가능하다고 말해 보려는 듯 보인다. 이 시집의 3부는 그러한 마음을 향해 더 깊이 전진하는 하나의 순례를 그린다. 고비 사막의 실크로드를 따라 걸으며 시인이 발견하는 것은 극적인 인내의 자세들이다. 우리는 그의 시를 따라 읽으며 이렇게 묻게 된다. 저 모래 능선은 얼마나 오랜 지질학적 시간 동안 바람을 견디

며 "울음의 깊이"를 품고 있었을까(「먼 어깨에 기대
어」). 저 어린 낙타는 갈증을 달래기 위해 평생 얼마
나 많이 가시 돋친 소소초를 씹어야 할까(「사막을 건
너는 법」). 그것들은 자연이 길러낸 인내의 자세이고,
감히 인간이 따라 할 수 없는 비범한 능력이다. 이윽고
실크로드의 종착지인 이스탄불에 이르러 시인은 이렇
게 말한다.

외계의 웅얼거림도
사나흘 듣다 보니

모스크 비다듬는
달과 별을 따르듯

내 안의 묵은 음들이
자금자금 휘어졌다

이스탄불 턱수염을
사랑한 건 아니었다

하루에 다섯 번씩
혼을 씻는 평화라니

그렇게 다만 엎드리며
살아도 일없겠다

— 「아잔의 추억」 부분

　신을 향해 나아가는 한, 순례는 근본적으로 수직적
인 운동이다. 이때 순례를 더 정결하고 숭고한 영혼을
갖기 위해 신에게 다가가는 상승 운동이라기보다 숭
고한 세계 앞에서 자신을 낮추기 위한 여정으로 이해
하는 것이 정확하지 않을까. "그렇게 다만 엎드리며/
살아도 일없겠다"라는 정수자 시인의 문장은 그 사실
을 가리키는 듯하다. 이스탄불에서 시인은 예배하는
자의 지극한 숭배의 자세를 발견한다. 그리고 그는 기
도하는 자의 '아잔'을 듣게 된다. 이스탄불에서는 예배
의 시작을 알릴 때마다 기도하듯 노래하듯 아잔을 부
른다. 시인은 이 아잔을 최초에는 "외계의 웅얼거림"으
로 듣다가 차츰 "내 안의 묵은 음들"을 휘어지게 만드
는 힘으로 느끼게 되고 이내 "혼을 씻는 평화"라고까
지 표현한다. 하루에 다섯 번씩 들려오는 아잔은 세상
을 끌어안듯 "모스크"와 "달과 별", 그리고 시인의 영
혼까지 함께 씻어 주는 듯하다. 아잔은 저 높은 하늘
부터 이스탄불을 방문한 여행자까지 모든 존재의 고

통과 피로까지 씻어 주는, 그리하여 영혼의 묵은 짐을 쓰다듬는 하나의 손길인 셈이다.

그런데 지금까지 그의 시가 전개된 바를 떠올려 볼 때 정수자 시인이 여정의 끝에 발견한 풍경을 단순히 정화나 세신의 모티프로 단정하기 어렵게 느껴지는 이유는 무엇일까. 돌아보면 그는 자신의 고독과 고통을 달래고, 또한 타인의 슬픔과 절망을 떠받들기 위해 제 몸을 낮춰 왔던 것처럼 보인다. 또한 순례하는 동안 견디고 인내하며 삶을 우러러보기 위해 모래 능선과 낙타에 눈길을 두었다. 이 사실에 비추어 본다면 정수자 시인은 종교적 신성을 빌려 고통을 정화한다기보다, 더 넉넉한 바닥이 되기 위해서, 더 많은 고통에 직면하기 위해 낮은 자세를 배우려 하는 것이라고 말해도 좋지 않을까. 이를테면 사막을 향해 "눈코 지운 막돌처럼/온몸으로 저어 갈 것"(「고비의 말」)이라고 말할 때, 온몸을 내던지는 '막돌'은 자신을 지키는 것이 아니라 자신을 모래바람 속에 내던지는 자세를 가리킨다. 그것은 앞서 해설했던 흩날리는 '꽃잎'의 자세처럼 기꺼이 휘청거리며 고통을 향해 전진하는 현존을 그린다.

줄곧 시인이 눈 돌리는 것은 낮은 장소이고 낮은 자세이다. "기억하라 발이 없는 한 모금의 소식을/맨머리로 땅을 뚫는 간헐천의 옹알이를"(「바람 공양」)이라거나 "기나긴 바람 성찬 앞에/생을 힘껏 조아린다"(「바람의 성찬」)라는 문장에서도 우리는 기꺼이 지하를 향해 자신을 내던지는 형상을 발견하게 된다. 나아가 자신을 낮추는 자세는 불행을 겪고 있는 타인에게 눈 돌릴 수 있는 마음의 원천이 되는 것처럼 보인다. 시인은 고독을 견디다가 죽음을 택한 노인(「모래 유서」)과 갑을관계의 부조리에 시달리는 익명의 타인(「노가다 수청」)처럼 한국 사회의 문제뿐만 아니라, 국경을 넘는 간도 만주 유민들(「국경의 밤」)과 식민지 시기의 병폐에 여전히 시달리는 라오스 국민들(「라오 라오」)처럼 이국의 문제에도 관심을 가진다. 이때 시인은 삶의 부조리를 추궁하거나 심판하려 하는 것은 아니다. 다만 타인들의 고통을 살피고 그들의 마지막을 애도하려 노력하는 태도가 우선한다. "호곡 없이 떠날 생이 밭은 숨을 고르던//그즈음의 체온을 벤치는 살폈을까"(「모래 유서」)라고 물을 때 노인의 가쁜 숨을 받아내는 '벤치'처럼, "서리가 제 몸을 녹여/길섶을 반짝 빛내듯"(「노가다 수청」)이라고 말할 때 행인의 발길을 빛내는 '서리'처럼 그는 일관되게 타인을 떠받치는 바닥을 들여다보는 것이다.

3. 저편의 당신과 겸상하기 위해

삶을 뒤흔드는 슬픔 앞에서 슬프다고 말하는 대신 숨을 고르는 입술이 있다. 반복되는 상실을 견디면서 삶을 꽃이라고 발음해 보는 혀끝이 있다. 정수자 시인은 삶의 바닥에서 희망을 탐색한다. 그 희망의 광채가 사소하고 작은 것일지라도 그것을 쥘 때까지 충분히 자신을 낮춘다. 이 너그러움은 어디서 오는가. 무엇이 그러한 마음을 기를 수 있게 하는가. 우리는 윤리나 정의와 같은 단어로 그의 시를 수식할 수도 있겠지만, 무엇보다 시인 자신이 그러한 언어를 사용하지 않는 데 주목해야 한다. 또한 미학이나 전통이라는 말로 그의 시를 해명할 수도 있겠지만, 그것들이 그의 시를 읽는 데 구태여 필요한 것인지 되물을 필요가 있다.

온몸을 내던지던 홑꽃과 막돌을 떠올려 보자. 자연물로 상징된 투신의 자세는 마음은 어떤 사유나 인식을 통하는 것이 아니라 삶 자체를 여실하게 감당할 때 깊어질 수 있다는 간명한 사실을 말하는 것처럼 보인다. 마찬가지로 시 「그리하여」에서 시인은 "온몸이 눈이다"라고 쓴다. 눈을 통해서만 세상을 볼 수 있는 것이 아니다. 온몸을 통해서 세상을 보듯, 때로 우리는 삶을 온몸으로 이해해야만 한다. 이 작품에는 온몸으로 전진하는 자세의 상징물로서 '담쟁이덩굴'이 묘사

된다. 시인은 벽을 넘는 담쟁이덩굴의 몸짓을 "얄랑셩/ 서로 업는 어깨들/허공 물고/허공 열듯" 서 있다고 표현한다. 허공을 '물고' '여는' 담쟁이덩굴의 형상은 삶 자체를 오롯이 살아내는 '온몸'으로서의 존재인 셈이다. 한편 홀로 제 존재의 무게를 감당하는 홑꽃과 막돌과 달리, 담쟁이덩굴은 노래 부르듯 어깨동무하듯 함께 전진하는 모습이라는 데 차이가 있다.

「그리하여」라는 시의 제목처럼, 그리하여 시인의 시선이 머무는 끝은 각자의 고독을 짊어진 존재들이 마침내 어깨동무하는 풍경이 아닐까. 시인은 줄곧 타인의 슬픔을 '만지거나' '듣고자' 노력한다. "호을로 걸어온 독립유공 후손"(「으스름의 음계」)의 손자국에서 오래된 슬픔을 읽고, 아파트 각 호의 닫힌 문마다 "복도에 귀를 댄 채 소리 죽여 늙어 가는"(「복도의 배후 혹은 알리바이」) 외로운 사람들을 상상할 때, 시인이 바라는 것은 슬픔이 슬픔에 기대어 삶을 견디는 유대의 순간인지도 모른다. 그러나 우리는 그 바람을 쉽게 이룰 수 없다는 사실 또한 안다. "크나큰 겸상 같은 가을이란 독상 앞"(「가을 외상」)이라는 역설적 표현처럼, 삶은 겸상이면서도 독상이기 때문에 고뇌인 것이다.

식어 가는 손 잡고 늦은 문안을 하듯

눈에 밟힌다는, 마음의 문양 더듬다

그리움 그도 겨운 날
그 찻집을 찾았네

수묵 깊은 처마 아래 이슥하니 낮술 치듯
살 오른 햇살 사이 실바람도 으밀아밀

그날의 詩노름인 양
율려律呂 그늘 찰랑이매

구부슴히 밟혀 오는 묵향의 잔등 너머
덩달아 부풀었네, 덩굴장미 시울들도

아껴둔 비점批點을 찍듯
못 여민 코를 풀 듯

— 「그리움도 겨운 날」 전문

위 작품은 정진규 시인을 추모하는 마음으로 쓰인
것이다. 생전 정진규 시인이 찾던 찻집을 방문하여 그
를 떠올려 보는 순간을 그린다. 당신의 눈길이 닿았
을 처마, 당신이 머물렀을 "율려 그늘" 곁에 앉아서 당

117

신에게 "비점"을 드리듯, 또한 "못 여민 코를 풀 듯" 계속 당신을 생각해 본다. 그렇게 찻집은 서로 다른 시공간, 삶의 편과 죽음의 편에 각각 놓인 두 사람을 포개어 놓는 공간이 된다. 한 사람에게 한 사람을 추모하는 능력이 주어져 있다는 것이 놀라운 깨달음은 아니지만, 우리는 지금까지 읽은 정수자 시인의 시어들을 빌려 다음과 같이 표현해 볼 수 있다. 추모란 죽은 자와 산 자의 겸상이다. 당신이 오래 머물렀던 자리에 앉아 당신의 시선을 떠올린다면, 존재의 겸상은 계속될 수 있다. 또한 부푸는 눈시울과 닮은 저 "덩굴장미 시울"로부터 「그리하여」의 어깨동무하는 '담쟁이덩굴'을 떠올릴 수도 있겠다. 당신의 시선이 닿았을 "덩굴장미 시울"을 '나' 또한 바라보는 것은 삶과 죽음의 경계를 넘어서는 어깨동무를 상상하게 한다. 당신이 사랑했던 것들을 나 또한 사랑하는 것, 그 마음은 닿을 수 없는 저편의 당신에게 뻗는 손이 되는 것이다.

시인은 때로 "당신을 부르지 않는/단애의 입술처럼"(「애월정인」) 당신을 외면해 보기도 하지만 그 침묵은 계속되지 않을 것이다. 때론 세상을 조롱하는 "철없는 아나키스트"(「검정 래퍼」)처럼 말해 보지만 그러한 거침없는 목소리 또한 시인 본연의 자세는 아닐 것이다. 그의 시는 매번 정갈한 그리움으로, 타인을 향한 다독임으로, 다시금 삶을 "그냥 확/끌어안고 싶은"(「다행」) 마음으로 되돌아온다. 시인은 태생적으로 각인된 그리움에 관해 이야기해 보기도 한다. "손맛도 묻어 버린 엄마의 땀내 쉰내"(「파김치」)와 아버지의 "핏물 논물 엉겨 붙어 갈라 터진 발등을"(「피사리」) 떠올릴 때, 시인은 어머니의 손과 아버지의 발을 닮은 자신의 육체를 떠올리지 않을 수 없을 것이다. 정수자 시인의 시는 쉰내처럼 엉겨 붙는 마음들을 소홀히 대하지 않는 데서 시작한다. 피사리와 같은 당신의 상처를 몇 번이고 떠올리면서도 지속한다. 그렇게 살에 저미는 감정들을 오래 견디며 그는 "소름 찬 살갗들도 새 식구로 들여 잡"(「바람이 바람을 고이듯」)는 그리움의 성채를 짓는 셈이다.

다시금 「詩편」을 떠올려 보자. 시인이 "난 그저 힘없는 詩편이나 들고 싶데"라고 말할 때 '힘없는 詩편'이라는 표현은 어떻게 읽어야 할까. 5부에 수록된 작품인 「중뿔」에는 해석의 단서가 되듯 "세상에 지려고 왔나 편도 없이 멀거니"라는 시구가 등장한다. 이에 비추어 본다면 '힘없는 詩편'이란 누구의 편도 들지 않는 것, 심지어 자신의 편도 들지 않고 그저 '세상에 지기만' 하는 자세를 더 철저히 하는 것이다. 마찬가지로 "주춤은 나의 춤법"(「주춤의 춤법」)이라고 말할 때

119

시인은 뚜렷한 신념을 갖고 실천하는 인간이 아니라, 어떤 선택도 하지 못하는 '주춤하는' 자세를 자신의 것이라고 선언하고 있다. 바로 여기서 우리는 투쟁하는 것이 아니라 견디는 것, 삶에 맞서는 것이 아니라 삶을 받아들이는 것을 자신의 자세로 자임하는 목소리를 발견하게 된다.

　마지막으로 다시 그의 시가 오래된 시조의 운율을 빌려 온다는 사실을 떠올려 보자. 또한 "조선의 내간內簡"(「홍유」)이라는 비유를 사용할 때, 시인은 현대인의 감각을 벗어나 세상을 보고 있다. 다르게 말하면 그는 우리 시대에 부재한 무엇인가를 전근대에서 탐색하고 있다. 그러한 정신을 가장 잘 보여 주는 작품은 「바람이 바람을 고이듯」이다. 여기서 시인은 조선 시대의 돌성곽을 보며 "실려 온 돌과 돌이 살피를 꼬옥 맞출 때" "바람이 바람을 고여 생의 무늬를 기르듯" 삶을 인내할 수 있다는 깨달음을 얻는다. 중요한 것은 이러한 전근대적 사유 자체가 아니라, 그로부터 시인이 발견하는 것이 돌이 돌에게 기대듯 인간이 인간에게 기대는 순간이라는 점이다. 그리고 모든 사상은 현재의 삶을 추궁하기 위해 역사를 호명하기 마련인 것이다.

　정수자 시인의 발견은 물론 동양적 사유에 기대고

있다. 비교하자면 서구의 철학자 마르틴 하이데거는
『존재와 시간』에서 그리스 신전을 하나의 결단으로
표현한 바 있다. 신전 앞에 서는 자는 무엇이 성스럽
고 무엇이 비속한지, 무엇이 위대하고 무엇이 왜소한
지, 무엇이 용감하고 무엇이 비속한지 결단해야 한다.
서구의 사상가는 그리스 신전이 인간에게 홀로 결단
하는 존재임을 깨닫게 한다고 생각했다. 반면 정수자
시인이 그리는 것은 삶을 끌어안는 낮고 둥근 성곽이
다. 자신을 높이지 않는 어깨동무이자 묵묵한 견딤의
자세이다. 어느 누구도 삶을 홀로 견딜 필요는 없다는
것, 슬픔에는 항상 슬픔을 받아 줄 곁이 존재한다는
것, 그렇게 삶은 계속된다는 것이야말로 그 돌성곽의
자세가 의미하는 바이다. 그리고 그것은 우리가 닿아
야 할 아득한 순례지로 저편에 놓여 있다.

파도의 일과

2021년 10월 7일 1판 1쇄 펴냄

지은이   정수자
펴낸이   김성규
책임편집   김은경 조혜주 김도현
디자인   김동선
펴낸곳   걷는사람
주소   서울 마포구 월드컵로16길 51 서교자이빌 304호
전화   02 323 2602
팩스   02 323 2603
등록   2016년 11월 18일 제25100-2016-000083호

ISBN 979-11-91262-64-3 04810
ISBN 979-11-89128-01-2 (세트)